GEORGES AUDIBERT

POËMES

SOUS LES YEUX DE LA MORT

LA SOURCE ET LE CIEL

ÉDITIONS GEORGES CRÈS & Cie
116, BOULEVARD SAINT-GERMAIN, PARIS
5, RÄMISTRASSE, ZURICH

1918

POËMES

IL A ÉTÉ TIRÉ DE CET OUVRAGE :

40 exemplaires sur papier pur fil, numérotés de 1 à 40.

GEORGES AUDIBERT

POËMES

SOUS LES YEUX DE LA MORT
LA SOURCE ET LE CIEL

ÉDITIONS GEORGES CRÈS & Cie
116, BOULEVARD SAINT-GERMAIN, PARIS
5, RÄMISTRASSE, ZURICH

1918

AVERTISSEMENT

Tous écrits avant la guerre, les poëmes que nous publions sont l'œuvre d'un jeune homme que la guerre a fauché dans sa trentième année: Georges Audibert, mort au champ d'honneur, le 28 septembre 1915. Ils ne constituent pas toute son œuvre poétique; du moins en sont-ils la partie essentielle. D'autres poésies paraîtront plus tard, ainsi que quelques lettres, divers fragments en prose et essais dramatiques.

Fils du professeur à la Faculté de droit de Paris, petit-fils de feu le sénateur du Rhône, Louis-Auguste Munier, Georges Audibert n'avait encore publié qu'un petit nombre d'articles et de poésies dans plusieurs journaux ou revues. Son talent n'avait aucune hâte de se produire, et seuls, de rares amis pouvaient en soupçonner la richesse. Rien ne lui était plus étranger que l'art, si répandu, de se mettre en valeur.

Vivant dans sa pensée, dans son rêve, beaucoup plus que de la vie pratique pour laquelle il n'avait que des dédains, il semblait s'attarder. En réalité il prenait son temps. Ses ambitions étaient hautes; elles allaient bien au delà du succès vulgaire. Comment eût-il pu penser que la mort était si proche?

Cependant la guerre éclata: il partit comme sergent au 246e de ligne. Nous ne devions, hélas! plus le revoir... Ce fut pour lui une campagne ininterrompue de treize mois, où il eut à soutenir les plus durs combats, à la Marne, à Crouy, dans l'Artois. Il y fit preuve d'un courage, d'une force d'âme, et en même temps d'une bonté dont nous avons eu de touchants témoignages: ses hommes l'adoraient et ne l'appelaient que «notre maître Georges». Deux jours après que la sanglante offensive de septembre 1915 eut commencé, le 27 septembre, il nous donnait de ses nouvelles en hâte, sur une « Post Karte » trouvée, nous disait-il, dans la tranchée allemande, et il ajoutait qu'il venait d'être envoyé à l'arrière: pieux mensonge destiné à nous rassurer! Le lendemain même, dès l'aube, c'est en éclaireur volontaire qu'il allait reconnaître les positions occupées par l'ennemi sur la cote 119, près de Souchez, et, dans l'après-midi du même jour, parti à l'assaut de ces positions, il tom-

bait frappé d'une balle au front. Une citation à l'ordre du régiment lui rendit, en ces termes qu'eût aimés le héros très simple qu'il était, ce suprême hommage : Éclaireur volontaire, a pris une part active avec quelques hommes à la reconnaissance des positions ennemies, le 28 septembre 1915 au matin ; tué le même jour à l'assaut desdites positions.

L'œuvre que Georges Audibert aurait dû laisser, l'œuvre qu'il portait en lui, a été frappée du même coup. Elle dort avec lui dans la terre d'Artois où l'ensevelirent ses camarades, à l'ombre de ce qui reste des tours de Mont-Saint-Eloi.

⁂

Nous devons au lecteur quelques indications sur les deux recueils de poëmes que nous avons réunis dans ce volume.

Le premier, composé de pièces dont quelques-unes, les plus classiques, remontent à 1903, devait former à lui seul la matière d'un livre qui, vers 1912, était sur le point de paraître. L'auteur lui avait donné ce titre tragique, qui pourrait faire songer aujourd'hui à un mystérieux pressentiment, Sous les yeux de la Mort. *L'impression en était déjà commencée, lorsque brusquement il l'interrompit ; non qu'il eût abandonné la pensée de le publier, mais il comptait y joindre d'autres pièces, composées suivant une toute autre poétique et procédant d'une inspiration toute nouvelle, qui devaient, sous ce titre mystique,* la Source et le Ciel, *former un autre recueil, demeuré inachevé. C'est donc pour nous conformer à sa volonté que nous avons uni les deux recueils en un même livre.*

Malheureusement les dix-neuf premiers poèmes de Sous les yeux de la Mort *n'ont pas été retrouvés dans le manuscrit destiné à l'impression. Trois d'entre eux n'ont même pu l'être nulle part ailleurs, et nous en avons fait disparaître les titres,* Regrets, l'Étoile, Clair-obscur, *de la table des matières où ils figuraient. Les autres ont été retrouvés dans les papiers de l'auteur, la plupart recopiés soigneusement de sa main, et se présentant d'une façon absolument certaine, sous la forme définitive qu'il avait voulu leur donner. Pour quelques-uns seulement, dont voici les titres :* Musique, Crépuscule, O cher mensonge ! Tout l'amour, Qu'as-tu fait ? Offrande, Vengeance, le cri du blessé, *nous n'avons eu que des notes d'un déchiffrement parfois difficile, mais qui pourtant nous ont permis, si l'on excepte un très petit nombre de vers peut-être douteux, d'établir un texte très sûr. Une table des matières, où l'auteur avait lui-même indiqué le nombre des vers que chaque poème contenait, nous a fort aidés dans ce travail. Trois poëmes seulement demeurent incomplets : quatre vers manquent à* Tout l'amour, *quatre à* Qu'as-tu fait? *huit à* O cher mensonge! *Ajoutons, pour ne rien omettre, que pour les trois poëmes* Plainte, Offrande *et* Vengeance, *c'est seulement à raison du sujet traité et du nombre des vers que cette attribution de titres nous a paru plausible.*

Quant aux poèmes qui composent le second recueil, ils étaient groupés sans ordre dans une couverture portant ce titre la Source et le Ciel. *Nous ne pouvons affirmer ni que ce recueil soit complet, ni que dans la pensée de l'auteur le texte en fût définitif.*

Nous l'avons fait suivre d'une pièce qui peut-être devait y trouver place, mais qui n'y était pas jointe : c'est le poème intitulé Désespoir, *qui clôt si douloureusement le livre.*

SOUS LES YEUX DE LA MORT

A

LA CHÈRE MÉMOIRE

DE

GABRIEL HAUVETTE

LOINTAINS

Voyageur sans désir qui marchais dans la plaine,
Je vis dans le lointain les montagnes d'azur,
Et je tendis mes bras vers vous, ô sommets purs,
Qui baignez de divin vos lignes souveraines.

Montagnes, je tendis mes bras vers vos beautés
Du bas et du profond de mes pauvres ornières.
Lorsque je retirai mes yeux de la lumière,
La laideur se tenait, surgie, à mes côtés.

A mon cœur tout pesa, des choses et des êtres ;
Je me sentis mourir de dégoût ; je fus las
Des chemins parcourus et des espaces plats,
Et je voulus vos vierges ciels, pour y renaître.

Alors, je commençai ma course à l'horizon.
Je m'égarai au fond des nuits et des orages,
Mais, héros dédaigneux des peurs et des courages,
J'allai, tout aveuglé de rêve, jusqu'aux monts.

Je gravis les rochers et les pentes rebelles;
De tout mon corps meurtri je creusai mon sentier,
Et je me retournai : ô splendeur! ô pitié!
C'était la plaine qui, de là-haut, était belle...

REFLET

Je contemple les bois au fond de l'eau dormante.
Leur image lente s'apaise, en des clartés,
Et mes yeux suivent l'harmonieuse descente
Des arbres, jusqu'au ciel, jusqu'aux immensités...

Partout l'automne effeuille et dénude les branches,
Et le sol sous mes pas fait un bruit de passé.
Les faîtes roux s'allègent dans les brumes blanches.
Calmes bassins, que vous prenez mon front lassé!

Paix! je songe... Les eaux immobiles reflètent
La forêt, et c'est toute une forêt, encor
Plus belle, plus mélancolique et plus complète,
Qui se rythme à leur vie, et frémit, ou s'endort.

O mon âme, toujours reflète ainsi le monde.
C'est en toi que je veux le voir, que je le vois...
Comme ces bois dans l'eau, la vie est plus profonde
Quand elle est descendue en toi.

PLUIE

Il pleut... Bruit monotone et continu
Où s'embourbe l'ennui de vivre.
Soleil, chaleur, étais-je, étions-nous ivres?
Mon cœur a froid, mon cœur est nu.

Sur l'étang triste danse une buée.
Je regarde les fleurs des eaux
Sous la peureuse courbe des roseaux
Cacher leurs grâces polluées.

Il pleut, il pleut, il pleut... On rentre en soi.
Êtres et choses se resserrent,
Et le vent passe, brusque, et jette à terre
L'eau des branches et l'eau des toits.

Un brouillard rampe, et menaçant, arrive,
Qui couvre et bouche l'horizon.
O la prison sans ciel où nous gisons,
Et sur nous cette mer sans rives...

Mille espoirs incertains prennent leur vol.
Ils agitent leurs ailes basses,
Mais le flux lent et morne de l'espace
Les roule vaincus jusqu'au sol.

Sous la rumeur inlassable des gouttes,
Un silence souffre, oppressé.
O désirs vains partout éclos, laissez...
Vous mourez bientôt, en déroute.

A quoi bon fuir? Tout nous rejette ici.
L'esprit perdu, je m'abandonne.
Un cri d'oiseau, rauque, remplit l'automne ;
Un son de cloche me transit.

Mes yeux, dernier sursaut vers la lumière,
Se fixent sur une clarté
Que dans la brume ils voient, là-bas, flotter :
C'est la blancheur du cimetière...

O TERNE CIEL...

O terne ciel de plomb, jadis ensoleillé !
Le froid descend dans la brume grise, et frissonne.
L'allée étend son long ruban glacé. Personne!
Le jardin de mon âme est triste et dépouillé.

Autrefois, sous le porche, un page agenouillé
Savait baiser la main qu'une fée abandonne.
Aujourd'hui tout est morne et tout est monotone.
Le château de mon rêve est noir et verrouillé.

Sur les faunes moussus l'eau filtre goutte à goutte,
Avec un bruit de pleurs que personne n'écoute,
Au fond du parc désert engourdi de sommeil...

Tout sombre. Il va neiger. Un gros nuage flotte.
Et je n'ai même pas, pauvre cœur qui grelotte,
Le chagrin consolant d'un coucher de soleil.

DERNIÈRES FEUILLES

Voici déjà que finit l'automne
Et que l'hiver, que l'hiver encor
Va geindre, dans le vent monotone,
Sa complainte d'angoisse et de mort.

Le froid mouillé des lugubres bises
Sanglote parmi les arbres nus,
Et la terre gît, frileuse et grise...
Oh ! les mauvais jours sont revenus.

Glissant dans l'air par bandes pressées,
Les corbeaux jettent partout, cruels,
Le cri des solitudes glacées,
Des brumes denses, des mornes ciels.

Les forêts, riches encor la veille
De la plus somptueuse saison,
En silence se désappareillent,
Et la robe d'or des frondaisons

Sous les branches qui de noir s'endeuillent,
Est tombée, et je la foule aux pieds,
Et je songe à vous, divines feuilles,
Souvenirs des arbres dépouillés.

O feuilles, si vous étiez si belles,
C'est que vous ressentiez à mourir,
En face des ombres éternelles,
L'ardeur ivre des derniers désirs,

Et c'est que, vous ouvrant tout entières,
A jamais, sans espoir de réveil,
Vous aviez aspiré la lumière,
Et reflété tout le soleil.

MUSIQUE

Sous le silence chaud qui s'étend et qui dort,
Une musique éplorée et menue,
Venue
De doigts lointains, dans mon cœur triste s'insinue,
Puis à l'appel des rayons d'or,
Adorante, alarmée,
S'en va, s'efface, et comme une fumée,
Effacée, erre et tremble encor.
Qu'a-t-elle en elle qui sanglote?
Oh ! quels chagrins précipitent ses notes
Dans des souvenirs désolés
Chavirantes?
Quel bonheur suit-elle envolé,
Si beau, qu'en pleurant elle chante?
Rêves naïfs, vous ne vous réalisez pas!
O fantômes des yeux avides,
Vous qui ne laissez que du vide
A l'étreinte folle des bras!

Ce qu'elle dit, pauvre voix frêle,
C'est le désir, c'est la plainte éternelle
De ceux qui n'ont pas su,
Qui savent que l'amour est leurre,
Et qui se sentent à jamais déçus,
Et qui pleurent...
Elle dit... mais comme elle me prend!
Et comme ses accents mourants
Sont beaux de ce qui les blesse!
Comme elle chante en mon cœur las!
Ah! j'oublie!... Elle ne me laisse
Que plus d'amour encor pour ce que j'aime, hélas!

VIEILLES ET VIEUX

Vieilles et vieux, vous qui semblez vivre sans transes
Près du feu clair moins doux que vos yeux de velours,
Et qui laissez tomber vos bras frêles et lourds
Sur vos regrets et sur vos mortes espérances,

Vous tressaillez encor des anciennes souffrances,
Vous frissonnez encor des anciennes amours,
Et les sanglots et les baisers des anciens jours
Glissent dans le secret de vos longues navrances.

Pourquoi, pourquoi toujours contempler le passé?
C'est pour s'être perdus dans un rêve effacé,
Que vos regards troublés vont si loin, et s'effacent.

Ah! pauvres vieux enfants déçus, passionnés,
Et qui, jusqu'au profond de vos cœurs qui se glacent,
Respirez le parfum de vos bouquets fanés!

CRÉPUSCULE

Le crépuscule meurt, envahi par la nuit.
Le long des lignes apaisées
Un faible jour déferle à peine, et fuit,
Et dans l'ombre où retombent les derniers bruits
Les cloches même ont tu leurs voix brisées.
Les chemins las s'en vont vacillants ; l'horizon
S'engourdit dans l'âme des choses,
Et les toits endormis reposent
Sur les blancheurs éteintes des maisons.
Trêve religieuse de la terre !
L'heure de calme et de mystère
Malgré nous nous ensevelit.
L'heure monte, démesurée,
Et, silencieuse marée,
Étend au loin ses flots d'oubli.

Laissons venir à nous le paysage.
Écartons le passé de trouble et de tourment
Où gravitent autour des merveilleux moments
La Haine, suite de l'Amour, et ses ravages.

Lève, lève vers moi ton front, cher ange heureux.
Je te regarde... Je devine ton visage
Qui flotte sous le rêve épandu de tes yeux.
Ce que tu sens, les mots que tu ne peux dire
Te nimbent d'un divin éclat,
Et sur l'ombre mes mains caressent ton sourire.
Comme un rêve qui ne s'évanouit pas,
Tu m'apparais, et toute tu t'enchantes,
Et je te tiens vivante et frissonnante,
O vision captive de mes bras.
Au fond de toi sens-tu qui rayonne et qui brûle
Éperdu dans le crépuscule
Le silence de l'invisible feu ?
Le cœur est trop étroit, le cœur s'épuise...
Et nous tremblons, nous que consume et divinise
L'insatiable Dieu.
L'Amour est là. Il nous assiste,
Il nous fait proches sous son voile murmurant.
Écoutons les secrets de sa voix triste.
Taisons-nous. Le bonheur se recueille en pleurant.
Une force invincible et douce
Nous étreint et nous met à genoux.
L'Amour est près de nous ; il est en nous.
Oh ! le calme des bras où sa fièvre nous pousse...
Taisons-nous... Taisons-nous...

Dans la nuit sans lune
Les étoiles naissent une à une,

Et les plaintives flûtes des crapauds
Pleurent.
Les voix plaintives vont là-haut
Aux lueurs sans écho
Des célestes demeures,
Et les lueurs muettes, se penchant,
Scrutent les profondeurs obscures où les chants
Pleurent.
Par delà les espaces de mort
Se cherchent et s'appellent, pareilles,
Les deux clartés... Tout dort...
Mais elles, dans le silence, dans l'ombre veillent,
Pareilles,
Gouttes de cristal, gouttes d'or...

O CHER MENSONGE

(FRAGMENT)

O cher mensonge, j'ai prié devant tes yeux.
Mes bras ouverts se sont fermés sur ton mystère,
Et toute tu me fus la demeure du Dieu.
Veuille écouter ma plainte, écoute ma misère.

Ne fais jamais que je sois autre; ni ne fais
Que je te voie simple femme parmi les femmes.
Oh ! garde-les sur toi, garde-les à jamais,
Les voiles merveilleux que t'a tissés mon âme.

Avant de te trouver, j'avais cherché longtemps,
Et j'avais soif ; mais pour ma soif inassouvie,
L'eau n'était que de l'eau ; et j'allais m'irritant,
Et mon cœur était las et se souillait de vie.

Les plus beaux fruits offerts, les plus vivants attraits
Brillaient sans jamais prendre rien de ma lumière.
Rien ne me reflétait ; rien ne me retenait...
Et pourtant je joignais les mains pour la prière.

Tu parus ; et l'amour t'enveloppa soudain.
Tu fus son temple ; il rayonna dans ton silence,
Et tes gestes, ta voix qui chantaient le destin,
Couvrirent de frissons la divine présence.

O beauté, d'être ainsi confondue à l'amour,
Tu t'épandis, miraculeuse, sur le monde.
Tu régnas sur la fuite heureuse de mes jours ;
Tu fus la haute, l'invisible et la profonde.

. . . .

TOUT L'AMOUR

(FRAGMENT)

Colère des départs, lâcheté des retours,
Souffrances et bonheurs, j'ai connu tout l'amour...

J'ai connu tout l'amour...... et je suis las...
O mes rêves, passez dans l'ombre et parlez bas...

Car mon cœur est endolori, mon cœur est lourd,
Et mes yeux sont perdus sur la plaine des jours...

J'ai levé vers le ciel l'angoisse de mes bras.
Ils sont tombés... Que désirer? Je ne sais pas...

Là-bas, je sens planer des serres de vautour...
Mais l'oubli, c'est la mort que j'appelle au secours...

Il faut choisir entre le râle et le trépas,
Le néant de la tombe ou le sanglot des glas...

Il faut choisir... Ah ! vains conseils ! Pauvres discours !
Puisque je subirai mon cœur aveugle et sourd.

. . . .

QU'AS-TU FAIT ?

(FRAGMENT)

J'allais à toi les mains pleines de rêves, pleines
De ciel, et mon amour, qu'un printemps soulevait,
S'enchantait de parfums, de frissons et d'haleines...
O malheureuse, malheureuse, qu'as-tu fait ?
. . . .

OFFRANDE

Je t'ai porté dans ma main pleine
Mon cœur d'amour, mon cœur de haine.

Je t'ai porté mon cœur tout nu,
Saignant, tel que tu l'as connu...

Il saignait d'angoisse et d'attente
Vers toi, la plus cruelle amante.

Vers toi, la plus divine enfant,
Il ruisselait éperdûment.

Dans sa claire chanson d'extase,
Qui donc a remué la vase?

Terre et ciel, ombres et rayons,
Envols et chutes, — passion !

Je t'ai porté dans ma main pleine
Mon cœur d'amour, mon cœur de haine.

Par delà le mal et le bien,
Sens-tu, sens-tu comme il est tien ?

Sens-tu sa douceur infinie,
Sa plainte, sa voix d'agonie ?

Par delà la bonté, sens-tu
Comme il te veut, s'il ne t'a plus ?

Comme il sait, farouche, se taire ?
Comme il craint d'être solitaire ?

Comme il pourrait être idéal ?
Comme il pourrait te faire mal ?

Je t'ai porté dans ma main pleine
Mon cœur d'amour, mon cœur de haine.

VENGEANCE

Puisque vous, l'orgueilleuse, avez baissé le front,
Puisque vos mains se sont jointes, et que se sont
Troublés vos yeux au flot soudain de leur lumière,
Puisque, plus forte encor que vous, une prière
Éternelle, du fond de l'espace et des jours
Par votre bouche ouverte a brûlé vers l'Amour,
J'aurais pu, Dieu cruel aux prunelles de joie,
Vous prendre dans mes mains, ô palpitante proie,
Et tranquille, au chant de vos cris, vous déchirer,
Et vous humilier et vous désespérer,
Puis partir... Bel orgueil de victoire barbare !
Mon silence, plus éclatant que des fanfares,
Aurait couvert le monde où solitaire, grand,
Vengé, j'aurais au loin porté mes pas errants.
Pareil à l'océan que l'orage déchaîne,
Mon amour soulevé par les vents de la haine
M'aurait porté. J'aurais vécu seul dans mon cœur...

Écho de vos sanglots perdus! Goût de vos pleurs !
O mon enfant, si douce à mes lèvres soumises,

Caresse de mes yeux, chanson apprise,
Baume de ma blessure et rêve aux voix d'oubli,
Je suis resté tremblant sous l'ombre et j'ai pâli,
Comme noyé dans le reflux de ma prière,
Pour avoir vu, au fond lointain du sanctuaire,
Tendant vers moi ses bras que j'avais suppliés,
Mon idole, là bas, lente, s'agenouiller.

LE CRI DU BLESSÉ

Cruelle, meurtris-moi d'injures et de coups,
Et lacère mon âme nue,
Et traîne mon corps à tes genoux :
Qu'importe! Je t'ai vaincue.

Quoi que tu fasses, je t'ai tenue
Esclave sous le joug,
Toi, la rebelle.
Sous la chaleur de mes baisers
J'ai voilé tes prunelles,
Et j'ai courbé ton front qui n'avait pas baissé,
Et j'ai déclos ta bouche,
Et je t'ai conduite, humble et douce, sans retour,
Toi, la farouche,
Jusqu'aux pieds de l'Amour...

Toi, la calme et hautaine statue,
Toi, l'indomptable et la légère, toi,

Je t'ai réduite sous la loi :
Je t'ai vaincue.

Va, va, sans honte et sans aveu, du doigt
Tu peux montrer ma tête
Aux amis, à la foule, aux bêtes,
A tous... Ils ne sauront jamais
Pourquoi parfois tu ris dans la vengeance...
Mais moi je sourirai du fond de mon silence.
Ils ne savent pas... Moi, je sais.

Tu peux, en rage expiatoire,
Percer, égoutter mon cœur,
Et me trahir... Je resterai encor vainqueur,
Tu n'atteindras pas ma gloire.
Où sont-ils ces rivaux?
J'ai remporté leur victoire,
J'ai permis leur destin
Le jour où dans l'ombre je t'ai eue...
Qu'ils s'acharnent sur le butin !
Mais moi, je t'ai vaincue.

PLAINTE

Oh ! j'ai mal... Elle m'a blessé.
Près de moi son image flotte,
Et comme un enfant qui sanglote,
J'aurais besoin d'être bercé.

Je voudrais, pour mon cœur lassé,
Un vieil air naïf qui dorlote,
Menuet, pavane ou gavotte,
Quelque chose du temps passé...

Car le chant berçant ma détresse,
Et glissant comme une caresse
Sur mes rêves endoloris,

Je ne saurai plus tout à l'heure,
Si c'est pour Elle que je pleure,
Ou pour Elle que je souris...

DÉSILLUSION

Moi qui vous avais donné mon amour
Et toute ma vie,
Vous deviez pourtant me trahir un jour,
Pauvre inassouvie !

Pourquoi ? Je ne sais. Vous n'en savez rien !..
Oh ! misère humaine,
Vous allez tout droit, en mal comme en bien,
Où l'instinct vous mène :

Le long du chemin, flairant le plaisir,
Gaie et jamais lasse,
Oubliant bientôt, mais prompte à saisir
Un instant... qui passe !

Vous avez pourtant gâché, sans les voir,
Piétiné des roses,
Et votre âme, hélas ! n'était qu'un miroir
De trop belles choses...

Tête sans pensée, ah! beaux yeux grisants,
Reflets de mon rêve,
Je m'en vais, ingrate! Adieu, car je sens
Que, triste sans trêve,

Je souffrirais trop de m'être mépris
Et de voir mes songes
S'envoler au loin, tout endoloris
D'être des mensonges,

Et me laissant seul devant le réel
Qu'ils cachaient, perfides,
Dans leur fuite morne emporter le ciel
De vos grands yeux vides.

ACCALMIE

Ce soir, je rêve de vos mains, de vos genoux...
Comme un cierge, mon âme a des lueurs et brûle.
Vous seriez là... Sans fausse honte et sans scrupule,
Au nom de cette paix nous nous serions absous.

Et ce serait comme un accord, éteint et doux,
— Ombres, mélancolique ivresse et crépuscule —
Qui se mêlant au chant que notre cœur module,
Harmonieusement s'enchanterait en nous.

Nous goûterions notre bonheur comme une trêve,
Où nos soucis jaloux, nos tourments, nos regrets
Comme un rêve s'effaceraient au fond d'un rêve...

Et tandis que votre âme ouvrirait ses secrets,
Je sentirais s'éterniser cette heure brève,
Dans vos yeux infinis où je m'endormirais...

CONFESSION

O vous la seule que j'aie insultée, ô vous
Mon grand amour, puisque je suis à vos genoux,
Permettez que mon âme heureuse vous confie
Les ravages de sa folie.

Oui, je vous ai traînée en moi comme au ruisseau.
J'ai déversé l'outrage et la haine en monceaux
Sur vous! et j'ai, de mes deux mains pleines de fange,
Maculé votre robe d'ange.

Heures, heures sans traces, quand le désespoir,
De ses ongles, fouillait dans mon cœur jusqu'au soir,
Mendiant révolté, besoin aux voix honteuses
De votre voix, même menteuse!

Angoisse aussi de ma tourmente, quand pareil
Aux aveugles, j'allais, comme vers un sommeil,
Et remuant ma nuit avec des gestes gauches,
Jusqu'aux bras muets des débauches!

Oh ! comme dans ma peur des spectres aux yeux morts,
Des avenirs déserts, et du poids, dans mon corps,
De mon âme traînée à jamais, ô ma vie,
Je vous ai maudite et trahie !

Et pourtant, et pourtant, ne discernez-vous pas
A travers la souffrance où trébuchaient mes pas,
A travers la colère et l'impiété même,
La prière dans le blasphème ?

TRISTESSE

Pourquoi t'inquiéter sans cesse de ma vie ?
Tu ne m'aimerais plus, enfant, si tu savais...
A quoi bon ? N'ai-je pas dépouillé le mauvais
Pour n'être qu'une flamme idéale et ravie ?

N'ai-je pas, des passés et des lointains obscurs,
Laissé jusqu'à tes pieds raffluer mon enfance ?
Mon cœur ne t'a-t-il pas ouvert tout un silence ?
Sous ton ciel, n'est-il pas devenu de l'azur ?

Ne cherche pas... Va, je te semblerais infâme,
Pour avoir satisfait et méprisé mon corps.
Tu ne sais pas ce qu'on peut être sans remords,
O toi qui de mon corps allégé fais une âme.

Mais pardonne. Passe à côté des sourdes lois
Qui s'emparent de moi sans que je les surmonte.
Ignore. Que te font mes laideurs et mes hontes,
Si ce sont mes beautés qui rêvent près de toi ?

SOLITUDE

A quoi bon vivre encor puisqu'elle n'est plus là ?
Tes rêves sont à ras de terre, mornes, las.

Amant désespéré, que t'importe la foule,
Qui passe, passe, avec son bercement de houle ?

Bruit impuissant qui n'est pour toi qu'une rumeur,
Et qui, sous ton silence envahissant, se meurt !

Les rires ? La gaîté ? Les éveils ? La jeunesse ?
Tristes, tristes, — ensevelis dans ta tristesse...

Sur le luxuriant et grouillant univers,
Ton âme étend l'aridité de son désert.

Les hommes ne sont que de vaines multitudes
Chez qui tu vas, portant en toi ta solitude.

La vie, à se goûter, prend la saveur de mort
De ta lèvre. La nature n'est qu'un décor.

Le soleil même est refoulé de tes décombres
Par ton cœur, foyer noir d'où rayonne de l'ombre.

Va donc, puisque tout est sans force contre toi,
Traîne ton misérable sort, subis ta loi,

O possédé du passé mort, pèlerin blême
Qui chemines, les yeux retournés dans toi-même.

PRIÈRE

Je veux sentir tes yeux s'éteindre au fond des miens
Toujours, et frissonner tes lèvres vers mes lèvres,
Et tes petites mains passer, douces de fièvre,
Sur ma figure triste et sur mes rêves... Viens,

Viens, je veux bien pleurer, puis oublier, puis rire,
Puis à nouveau crier et me tordre les bras,
Et tout... Mais que l'Amour ne m'abandonne pas!
Si je garde la foi, j'accepte le martyre.

Le soleil des départs, ô mon âme, est trop beau.
S'il disparaît, c'est pour toujours, et il ne laisse
Rien, pas même un reflet, pas même une caresse,
Dans les yeux aveuglés, las comme des tombeaux.

Oh! l'eau divine où nous sommes partis naguère,
— Aux souffles du matin la voile se gonflait,
Te souviens-tu? — je veux y voguer à jamais,
Car j'ai vu s'éloigner les rives de la terre.

J'accepte tout, l'orage aussi, l'orage encor,
Et les souffrances, les regrets après l'extase...
Je n'ai peur que de l'eau tarie et de la vase
Où s'embourbent les pieds qui regagnent le bord.

J'ai peur des lendemains sinistres, de la vie
En deuil, des chemins sans pensée, et des dégoûts,
De l'âme aride, et malade, et vide de tout,
Du calme sans lueur, aussi, et sans envie.

Ah ! pourquoi l'avenir trahit-il le passé?
Et se peut-il qu'un jour, au fond de ma mémoire,
Je ne retrouve rien qu'un peu de cendre noire,
Où même un souvenir ne saura s'embraser?

Se peut-il, se peut-il qu'un jour, morte la flamme,
Et mort mon cœur, hélas, je découvre soudain
Que tout était mensonge et que tout était vain,
— Pauvre navigateur qui voguait sur son âme?

Je songe aux bonheurs morts, aux rêves dissipés,
Quand mauvais et meurtri je rirai de moi-même...
Écartez-vous de moi, ô doutes, ô blasphèmes !
Je ne veux pas, je ne veux pas m'être trompé...

CHAGRIN

Je n'ai plus, dans mon cœur d'enfant désemparé
Où la douleur s'étonne,
Qu'un besoin d'être las, qu'un désir de pleurer
Comme devant l'automne.

Tes yeux ont fui, tes yeux ont déserté les miens,
Et je n'ai plus d'envie.
Je ne reconnais plus — hélas, je me souviens ! —
Le soleil ni la vie.

Un pays nostalgique où la lumière meurt
Sur mes jours se désole.
Il pleure dans le ciel des refrains de bonheur,
Du passé qui s'envole.

Je ne demande rien... Humble d'avoir aimé,
Sans bruit je me lamente.
Vois, je ne cherche plus ton cœur qui s'est fermé
Ni tes lèvres d'amante.

Je les sais loin, les seins qui me furent si doux,
Et l'amour et ses chaînes !
... Et cependant je rêve encor de tes genoux
Pour consoler ma peine.

TA VOIX A RÉSONNÉ...

Ta voix a résonné si gravement en moi
Que je m'en vais dans un écho qui se prolonge
Et que je sens pleurer mes songes...

O les frissons onduleux de ta voix...

Et sur mon âme, comme sur une eau du soir,
Ta clarté douce a rayonné de ton visage.
Je ne suis plus que ton image...

O cher miroir, que je sois ton miroir...

Et j'ai laissé couler en moi la paix du jour.
Ton âme lentement s'est mêlée à mon âme,
Ta flamme a brûlé dans ma flamme...

O nonchalantes forces de l'amour...

Je m'en vais. Je suis seul. Mais l'apparition
Éteinte pour mes yeux demeure en moi flottante,
Et m'enveloppe, et luit, et chante.

O beaux reflets, vous êtes mes rayons!

JAMAIS PLUS

Je vous ai trop aimée, ô mon âme, ô ma fièvre...
Maintenant, que viennent les jours !
Jamais plus je ne baiserai sur d'autres lèvres
Les lèvres du divin Amour.

Je vous ai trop aimée avec toute la joie
Et toute la folle douleur,
Pour qu'un printemps sans vous me soulève et me voie
Fleurir parmi toutes les fleurs.

Et je sens que si le destin brutal achève
Ce qui fut pitoyable et beau,
Mon cœur se fermera sur la mort de mon rêve,
Comme la dalle d'un tombeau.

A LA VIE

O flagorneuse, toi qui nous convies
A la joie, à l'amour,
Que nous veux-tu, que nous veux-tu, ô Vie,
Qui nous comptes nos jours ?

A quoi bon nous leurrer de tes promesses,
Nous ouvrir les chemins,
Et prodiguer en force à nos faiblesses
L'espoir sans lendemains ?

A quoi bon ? Que nous fera ta lumière
Dans l'étroite prison,
Lorsque le voile clos de nos paupières
Nous sera l'horizon ?

Que nous feront les refrains de tes fêtes,
Ton délire et ton bruit ?
Notre néant à jamais t'aura faite,
Hélas, néant en lui...

Y songes-tu?.. Aveuglant tes victimes
De ciel et de clartés,
Tu les conduis en chantant aux abîmes
Où tu les vas jeter.

Et nous, nous te suivons! Même à l'automne
Sans vouloir penser où,
Jusqu'au moment où tu nous abandonnes
Criant devant le trou.

Pour mieux nourrir ta gloire et ta jeunesse,
Nous voulons, nous créons.
Nous consacrons ta victoire, déesse,
Par nos propres rayons.

Mais que t'importent, si tu restes belle,
Nos grimaces de fous?
Il te suffit de te croire immortelle,
Et tu te sers de nous.

.˙.

Et cependant, toi qui vas sans tristesse,
Et sans craindre le temps,
O Vie, et vous, ô renouveaux, sans cesse
Malgré tout renaissants,

Et toi, soleil qui réchauffes les mondes
Avec tes baisers d'or,
Et qui toujours, après la nuit profonde,
Donnes une aube encor,

Vous tous qui dépassez nos agonies,
Charmes doux et cruels,
Vous non plus, vous non plus, sur la route infinie
N'êtes pas éternels !

Irons-nous donc pencher nos épouvantes
Sur les gouffres du sort,
Et voir les lumières encor vivantes
Rouler des astres morts ?

Ah ! plutôt, puisque tout décline et sombre
Dans l'impassible nuit,
Puisque de chaque instant s'échappe une ombre
Où le présent nous fuit,

Puisque un courant auquel on ne résiste
Saisit, entraîne tout,
Plutôt caresse-toi, pauvre âme triste,
Aux douceurs du remous.

Ah ! dans les plis du radieux suaire
Qui nous ensevelit,
Dans les adieux des choses passagères,
Je veux chercher l'oubli.

Je veux étreindre l'heure qui m'emporte,
Sur mes yeux, dans mes bras,
Et si je passe, et si je meurs, qu'importe :
Elle m'endormira...

LE BONHEUR

Quand nous l'aurons cherché pendant toute la vie
Et quelquefois touché et toujours reperdu,
Nous nous arrêterons enfin, mais abattus,
Et mornes, et meurtris des démentes envies.

Pourtant, sans ignorer la fatale rançon
Que le divin Fantôme à tout jamais réclame,
Nous tendons nos bras las et nous ouvrons nos âmes.
Éternelle, éternelle, — inutile leçon !

O larmes, ô sanglots, ô plaintes, ô souffrances.
Et vous, envahissantes eaux du désespoir,
Noyades des vaincus muets sous le ciel noir,
Et toi, mort plus cruelle encore, indifférence...

O fou, ne sais-tu pas cela, ne sais-tu pas
Que des grelots usés et sonnant faux t'occupent,
Que toi-même, dans ton extase, tu te dupes,
Que tu ris à la vie en écoutant le glas ?

Nous savons que l'Amour lui-même n'est que leurre,
Et parfois quand nous nous sommes vus à genoux,
Pour mieux nous relever, nous avons ri de nous...
Mais à railler que peut l'esprit, quand l'âme pleure?

RENOUVEAU

Triste, triste, et laissant déborder le trop-plein
De son âme infinie où l'ombre se balance,
Le soir qui s'abandonne aux langueurs du déclin,
Le soir s'en va, dans le mystère et le silence.
Sous la mort lente des clartés
Qui traînent encor dans l'espace,
Le songe de la terre lasse
Se noie au vague des lointains bleutés.
Le ciel descend. Paix! L'étendue entière
Est un temple où l'Amour glisse, les yeux mi-clos,
Tandis que vient à lui l'éternelle prière,
Extase de bonheur qui se brise en sanglots.
Murmure ardent! Le soir s'en va... C'est l'heure
Où les couples religieux
Se taisent pour entendre mieux
Chanter la Voix qui pleure,
C'est l'heure où sans geste, sans bruit,
Ils hantent le sommeil des paysages,
Et sont des frissons dans la nuit.

Les ferventes pâleurs des visages
Vacillent faiblement ; les doigts
Cherchent les doigts; la fièvre,
Comme un esprit, envahit les corps, et les lèvres
S'ouvrent à d'invisibles émois.
O magie amoureuse !
Les amants errent dans un Paradis...
Et tout le mystère de l'ombre heureuse
Rêve dans leurs yeux agrandis.
Ils vont sans voir... Car au plus profond de leur âme,
En proie au mal des Dieux,
Ils sentent, dévorante et tranquille, une flamme
Monter de tout ce qui défaille en eux.
Ils aiment! Ils aiment! L'ivresse
Tend sur eux ses immensités
Qu'un sourire éperdu caresse ;
Un vertige les prend comme une volonté
Et les emporte, en sa meurtrissante allégresse,
Vers des abîmes enchantés.
Ils aiment !
Voici qu'ils s'échappent d'eux-mêmes.
Ils désirent l'universel frémissement.
Faibles, égarés, ils mesurent
Les horizons, la nuit, le firmament
Où monte le flot des senteurs et des murmures,
Et passionnément
Ils étreignent soudain la nature
D'un long embrassement vainqueur,
Saisissent son âme en déroute,

Et la ramènent dans leur cœur,
Afin qu'elle y tressaille toute.

∴

Le temps passe, rapide, avec des gestes lents.

∴

La lune cependant, voyageuse endormie,
En son cortège de nuages blancs
Vogue au large de l'accalmie.
Lumineuse sérénité!
Là-bas ondoient des masses sombres,
Tous les fantômes se dénombrent,
Et les baisers muets de la clarté
Effleurent le sommeil des ombres.
Dans les bras pensifs des coteaux
Un lac étendu repose;
Des rayons serpentent entre ses roseaux,
Puis sur l'obscur miroitement des eaux,
En une fleur unique, éclosent.
Sur l'argent lisse et froid des prés,
Au ras de la terre qui fume,
Erre la fatigue des brumes.
Traversés de réseaux nacrés,
Les chemins sont profonds comme des sanctuaires,
Et çà et là planent des clairières.
Et le monde, transfiguré

Par l'insaisissable nuage
Qui tombe en voiles d'irréel,
N'est plus, n'est plus qu'un immense mirage
Qui flotte dans du ciel.
O ruissellement de l'espace !
Flux de douceur qui passe et qui repasse !
Furtifs froissements de satins !
Silence... Tout se divinise...
Et de l'alme harmonie un rythme naît soudain
Qui berce les floraisons grises
Dans les miraculeux jardins.
Et ce rythme, profond et fort comme une houle,
Sur la paix de ses vagues roule
Des lumières et des amants.

Oh ! les amants aux joies tremblantes !
Comme ils vont, inclinant les nonchalantes
Grâces de leurs enlacements !
Comme ils écoutent, comme ils communient !
Comme ils s'abandonnent, pieux !
La voix d'Amour s'exalte d'eux, indéfinie,
Et c'est une symphonie,
C'est un souffle voluptueux
Qui mollement les enveloppe et les soulève,
Et qui, pour les porter parmi les Dieux,
Enfle sans fin les ailes de leurs rêves.

*
* *

Monte vers le ciel pur, ô musique des cœurs !
Monte avec la ferveur troublante
Des parfums envolés de la terre et des fleurs,
O musique ineffable, interminable et lente.
Monte dans les soupirs, monte dans les aveux,
Et dans le sourire des lèvres,
Dans le frisson des corps et l'extase des yeux,
O chant de langueur et de fièvre.
Monte dans les passionnés accents
Que modulent aux balcons bleus les bien-aimées,
O mélancolique fumée.
Monte, monte, cantique doux comme l'encens,
O voix des profondeurs tristes, ô cadence
Souveraine, hymne large, puissant,
O toi musique, ô toi sanglot, ô toi silence, —
Mystère traversé d'éclairs,
Jaillissement des éternelles forces
Et des sèves qui brisent toutes les écorces
Pour se mêler, en ondulant comme la mer, —
Grande Voix, toi qui viens du Passé, des lointains
De la Race, et des insondables instincts,
Jeune et vieille comme le monde,
O toi qui, sans que rien puisse te contenir,
Épands la majesté tranquille de tes ondes,
Et baignes, sommeillants encor, les Avenirs...

SUR UN AIR EXOTIQUE

C'est un caprice d'âme, une chanson légère,
Qui folâtre, qui tremble, et s'abandonne au gré
De son humeur, sourit après avoir pleuré,
Et tantôt s'effarouche et tantôt s'exagère.

La guitare a jeté sa note, passagère
Qui se hasarde, fuit en un bond effaré,
Et s'arrête soudain, d'un geste maniéré,
En sa grâce étonnée et pâle d'étrangère.

Et l'on croit voir, dans les jardins du Paradis,
Défiler, tour à tour timides et hardis
Avec leurs rubans clairs et leurs robes de gaze,

Silencieux et très naïfs, des angelets,
Qui sur le gazon vert minaudent en extase,
Et regardent au ciel en dansant des ballets.

SOIR

Le soir glisse à la nuit, tendre et presque câlin,
Adoucissant sa grâce avec de l'indolence.
La langueur de bras invisibles le balance...
Un sourire suprême effleure son déclin.

Tout se berce, tout rêve, ou faiblement se plaint.
Des nappes de parfums, ivres de somnolence,
Dans l'azur attiédi s'étalent en silence,
Sous la lune dont tremble au ciel l'orbe opalin.

Les formes peu à peu se confondent ; l'espace,
Sur ce décor léger qui s'allonge et s'efface,
Mélancolique et pacifique s'est posé.

Oh ! sens-tu peu à peu ta pensée endormie
S'en aller sur les flots de la large accalmie,
Et défaillir, là-bas, comme sous un baiser ?

FUMÉES

La fumée incertaine et lasse
Des cheminées
Retombe aux brumes et s'efface...
O mes années !

Le passé mort sort de sa tombe
Et les années
Se mêlent aux flocons qui tombent
Des cheminées...

O Paris, morne paysage
De cheminées,
Je rêve, là-bas, de voyages
Dans les années...

Mais je sens mon âme descendre
Lourde d'années,
Sans force, cendre dans la cendre
Des cheminées...

LE PRINTEMPS

Aux mille chants des ardeurs printanières,
La mollesse du clair matin
Ondoie et joue en brumes de lumière,
Et, paresseux, je clos et rouvre mes paupières
Dans les murmures du jardin.
Le soleil qui revêt de rose la colline
S'allonge indolemment dans l'air
Et jusqu'à mes lèvres incline
Sa caresse de matin clair.
Mes bras se lassent et se délassent.
Je songe... O bienfaisante, ô fluide chaleur!
Repos plein de promesses! Tout l'espace
Vibre soudain aux ailes d'un frelon qui passe
En route vers les fleurs.
Il pleut des chants d'oiseaux; il s'égoutte des rêves...
Le tout léger ruissellement des sèves
Au souffle des parfums, dans un frisson,
S'échappe des calices,
Et tourne et glisse,

Ronde en flamme, au-dessus des fleurs et des buissons.
La langueur des roses se penche
Défaillante comme de baisers,
Et les lilas lourds courbent leurs branches,
Et les aubépines dans le vent grisé
Tendent leurs ailes d'abeilles blanches.
O ravissement muet ou chantant
Dans la clarté d'hyménée
Où s'épanouit tout le printemps!
Heureuse matinée!
Clarté! clarté! où d'invisibles doigts
Entremêlent les rayons chauds et les haleines
Et le silence et les voix
Et le repos des lignes sereines
Et l'éveil assourdi des bois.
Rester ainsi... Le temps, limpide source,
S'écoule de mon cœur et le berce à son gré,
Et si douce est sa course
Que j'en voudrais soudain pleurer.
Le temps m'emmène...
Comme au travers d'une onde aérienne
Des visages m'ont effleuré...
Et je m'en vais vers la grâce nouvelle
Des rêves qui m'appellent
Effacés à demi sous des reflets dorés.

*
* *

O tristesse d'espoir... O tristesse d'espoir...
Une aube m'envahit ce soir.

Pourquoi mes mains se joignent-elles?
Pourquoi suis-je ensemble à genoux
Et léger d'ailes?
Et pourquoi, et comment, et d'où
Vient en moi ce soudain et doux
Éveil d'enfance,
Dans mon cœur qui pleure ce soir,
Dans mon cœur triste et sans défense
Devant l'espoir?...
Une lointaine et calme mélodie
A soufflé... Et mon âme ravie au sol
Éperdûment s'est agrandie
Jusqu'à remplir l'espace de son vol;
Puis sur l'immensité de l'ombre et du silence,
Lente, elle a replié ses ailes... Et je sens
Couler aux langueurs de mon sang
Les flots de l'Ame immense.
O tristesse d'espoir... Je ne suis qu'un enfant
Et je prie,
Et mon bonheur pleure déjà, — avant...
Je ne suis qu'un enfant.
Chante, chante, ô ma rêverie.
Pourquoi craindre et savoir?
Je suis sans défense, ce soir,
Devant l'espoir...

*
* *

La lune pacifique et solitaire
Va monter au ciel froid.

O mon amante, voile-toi.
Viens. Errons dans le songe endormi de la terre.
Errons dans l'ombre au bord de l'infini.
Vois-tu la lune lente qui se lève?
Elle baise les fleurs; elle couve les nids...
Viens. Le ciel se taira de tout son rêve
Sur nos longs silences unis.
Nous irons obscurs sous la paix des branches,
Mais des reflets passeront sur nos fronts,
Et nos yeux larges s'empliront
De la clarté blanche
Comme d'une eau d'argent.
Le silence étale sa nappe... Écoute...
Sont-ce des larmes? Est-ce un chant?
La fontaine s'égoutte...
La fontaine pleure. Oh! Comme elle vient toute!
Ton corps glisse, et plie à demi.
N'est-ce pas, c'est en nous qu'elle s'égoutte?
Et le cristal de ton âme a frémi.
Sens-tu la caresse des ombres?
Le paysage nous attend
Avec ses voiles lumineux et ses lits sombres.
O mon amante, invoquons le Printemps!
Invoquons le Printemps! C'est lui qui laisse éclore
Le paysage calme et les rêves flottants,
Et qui dans ce sommeil a répandu l'aurore.
C'est lui, c'est lui
Dont le sourire enchante la nuit.
Viens! Nous sommes légers comme sur des nuages

Où nos pas auraient fui,
Et nous nous balançons dans le vent des feuillages,
Dans le parfum des buis.
Déjà nos corps ont brûlé dans nos âmes.
Là-bas, quelque chose de beau comme une flamme,
De doux comme un regard, nous veut et nous réclame,
Et dans un souffle nous prend soudain.
Dans nos cœurs plus rien de terrestre ne résiste,
Et la divine Extase aux lèvres tristes
Nous berce dans ses bras lointains.

LES CLOCHES

O cloches, vous m'enveloppez de mort.
Que me veulent vos mornes envolées?
Que me veut l'inconnu des espaces sans bords
Où roulent vos vagues d'ombre accumulée?
La nuit étend autour de moi
Son remous calme aux hantises d'effroi,
Où, lent naufrage, tourne le monde,
Et mon esprit s'affole et se débat, petit
Sous la masse rampante et profonde,
O cloches, qui m'étreint et qui m'ensevelit.
Je songe à mes matins couverts de crépuscule,
Aux gestes vains, aux rires las.
Une lame de fond me bouscule.
Dans le vide agité par mes bras,
Les heures, fatales et sombres, tombent,
Et le sol se dérobe à mes pas,
Et je sens que se creusent dans le glas
Des engloutissements muets comme des tombes.

O cloches, menaces des jours,
Voix passives des agonies,
Sanglots lourds,
Échos d'hier, de demain, de toujours,
Où les destins aveugles et sourds
Promènent des mains inassouvies,
Vous refoulez le passé sans retour,
Vous sapez le bonheur, et la joie, et l'amour.
J'ai peur pour ce qui fait ma vie.
Prenez-moi, noyez-moi plutôt,
Entraînez-moi jusqu'à l'oubli, jusqu'au repos...
Mais arrière, arrière l'image
De ces linceuls de fleurs riant sur le chemin,
Et l'impuissance de nos mains
Sur qui passe la fuite des âges,
L'angoisse de nos yeux où sombrent des visages,
Et les pauvres espoirs de nos désirs humains,
Et ce désert qu'impitoyable votre houle
Roule
Sur les mille têtes de la foule.
Prenez-moi, cloches, noyez-moi plutôt ;
Mais épargnez à mon cœur, à mes os
Cet afflux de mornes ténèbres.
Oh ! je suis assailli, pénétré de cahots
Qui m'enflent, me déchirent, et bientôt
Emportent mes débris au lointain des échos,
Tandis que seul émerge, funèbre,
Ricanant haut et claquant des vertèbres,
Le Squelette porteur de faulx.

*
* *

Maintenant, vos plaintes se sont tues.
Et pourtant, et pourtant vous êtes toujours là.
Votre âme de douleur hante les étendues,
Et muettes vos voix rôdent... Vous êtes là.
De vagues présences remuent
Fluides en la masse noire du dehors,
Et viennent et s'enroulent à mon corps.
Une haleine furtive et lente,
Et qui bientôt s'évanouit,
Dans le sommeil de l'immobile attente
Soulève des ondes de nuit.
Pourquoi m'enserrez-vous comme une proie?
Fantômes que rien n'apitoie,
Écartez-vous de moi... Au loin!..
Jusqu'en ma chambre ils me suivent, tenaces,
Insaisissables dans les traces
D'un sillage qui naît et sans cesse s'efface,
Et sans cesse renaît au profond des recoins.
J'entends que craquent les planchers disjoints.
La lumière soudain tressaille, comme une âme.
Quel esprit, agitant et détachant la flamme,
Brasse des ombres sur le mur?
Dans les cadres, du haut de leur nuage obscur,
Les portraits des défunts me réclament,
Et leurs gestes s'arrêtent, désolés,
Leurs regards flottent, où le néant pense,
Et leurs bouches, qui s'entr'ouvrent, qui vont parler,

Leurs bouches lentement émettent du silence.
L'Invisible a cerné ma solitude. Il croît,
Et me frôlant de son cortège
Multiplié, ouvre ses trappes, tend ses pièges.
Le destin m'envahit, grand fleuve froid,
Et coule dans mes veines, et frissonne.
Le vertige d'un éclair brusque, qui sillonne
La nue, y déchire comme un manteau
Qui retombe plus lourd. Là-bas, là haut,
J'ai vu le paysage hagard... Puis, personne...
Le ciel pèse comme un caveau... Et tout à coup
Un cri gémit, cri de chouette ou de hibou,
Suaire déployé blafard sur des décombres,
Et j'écoute, penché sur les abîmes sombres,
J'écoute l'impalpable vent de la terreur
Prolonger dans la nuit sans astres de mon cœur
L'hallucinant sanglot des oiseaux d'ombre.

LUNE

Dans quel cristal aérien
Ce soir la terre baigne-t-elle
Si calme, si nue et si belle?
La clarté dort... et des frissons ruissellent
Où des naïades au corps païen
Nagent de leurs bras lents comme des ailes.

Des naïades glissent... Le printemps
Frémit, et les branches encor sans feuilles
Trempent dans l'eau du ciel, et par instants
S'agitent, dans
Une averse de reflets flottants,
Puis se recueillent.

Sourire immatériel,
Fraîche limpidité du ciel,
La Lune, immobile, écoute,
Et coule le long des routes,
Et dans les fontaines, toute,
S'égoutte.

Et c'est, dans la blanche lueur,
L'attente heureuse des bonheurs
Infinis derrière le voile...
Musique tout, même les pleurs...
C'est la terre offrant comme un cœur
Sa nudité d'étoile.

Un charme de silence clair,
Comme devant des mains de vierge,
Me saisit pur dans l'oubli d'hier,
Et je veux, loin de l'ombre des berges,
Baigner, caressé d'air,
Aux flots jeunes de l'univers.

La Vie, au gré de toutes ses haleines,
Balance autour de moi
Ses fleurs, guirlandes, douces chaînes,
Qui m'entraînent...
Des naïades passent... Et ce sont des voix...
Je vous appartiens, voix des sirènes...

LE PASSÉ

Je veux voguer sur le fleuve de larmes
Dans le paysage enchanté.

Mon Passé, lève-toi, et vous, douloureux charmes,
Au profond de mon ombre allumez vos clartés.
Je vais partir pour le divin voyage
Où la jeunesse rit avec sa voix d'adieu.
Des musiques en pleurs descendront des nuages,
Les berges fleuriront à mon passage,
Et les lointains d'azur caresseront mes yeux.

Le chant du fleuve déjà m'emporte,
Et le Passé, lentement, apparaît.
O mes jours nonchalants, rêves discrets
Qui flottez dans vos grâces mortes,
Vous vis-je ainsi jamais ?
Et vous, heures fuyantes, et dont l'aile
A peine m'effleurait,
Mes heures, étiez-vous si belles ?
Pourquoi, si votre songe était si doux

Passiez-vous et me laissiez-vous,
O passagères?
Attendiez-vous les brumes du mystère
Pour vous retourner en arrière
Et me montrer vos visages jaloux?
Puisque vous étiez belles, ô passagères,
Pourquoi vous voiliez-vous?

Hélas, vous n'étiez rien, mes heures,
Vous n'étiez rien alors...
Mais aujourd'hui, je vous pleure...
Le Rêve est né de votre mort.

Qu'importe! Je veux voguer... O fleuve,
Emporte-moi... Voici le merveilleux séjour
Où les bonheurs ont rejoint les épreuves,
Où tout ce qui fut moi s'alanguit pour toujours.
Dans la lumière et le silence,
Voici s'éployer vers le ciel
Le réel qui revient, à la même cadence,
Qui revient irréel.

O Paradis où sont des anges,
Es-tu si loin que je ne puisse voir
Tes pierres, ta pluie et tes fanges?
La beauté ment, les faces changent,
Et mes regrets ont des douceurs d'espoir.
O floraison soudaine de visages...
O balancement de blancheurs...

O retour frissonnant des âges
Dans des lueurs de mirages,
Dans des mirages de pleurs...
O résurrection d'âmes,
Souffle errant de parfums
Loin du désert des parterres défunts...
Loin des cierges brisés, éclairs des flammes...

Seuls parmi ces grâces écloses,
Seuls les Amours rigides et flétris
Couchés à terre, dans la cendre et les débris
Des feux et des roses,
Seuls les Amours,
Cadavres tristes, dorment.
Ils gisent là, immobiles, informes,
Aveugles et sourds
Aux clartés, aux chansons de cet éveil en rêve,
A cette brume d'or et de voix où se lèvent
Les fantômes des jours...
Eux qui furent la terre et le ciel, eux qui furent
Deux fois la vie et deux fois la beauté,
Ils n'ont même plus un murmure,
Ils semblent n'avoir pas été.
Pourquoi, quand le Passé renaît,
Quand toute une vie
Qu'engendre la mort,
Épanouit ses corolles pâlies
Dans la caresse et dans les longs accords
Des sanglots qui chantent,

Quand la Beauté, surgie enfin, et lente,
Étend son geste qui s'endort,
Pourquoi les Amours sont-ils sans essor,
Dans l'ombre où seul le réel s'achève?
Pourquoi, puisque le Rêve
Naît de la mort,
Pourquoi les Amours sont-ils sans essor,
Cadavres sans âme, mornes corps?

Ils furent, vivants, le Rêve...
Le Rêve fut chair... Il est mort.

SOLEIL

La terre baigne dans la paix du soleil clair.
Assoupis-moi, murmure du frelon qui rôde,
Sourde rumeur, refrain morne de l'heure chaude,
Sillon vibrant tracé dans la torpeur de l'air.

La lumière, rose vapeur parmi les branches,
S'étale, emplit l'espace, éteint les cris d'oiseaux ;
Son or en fusion coule au profond des eaux ;
Son argent vif éclate aux flancs des routes blanches.

Entre les monts touffus revêtus de sommeil,
L'étang, lisse miroir aux ombres vertes, brûle.
Tout luit, et les vols crépitants des libellules
Sont dans l'azur tremblant des frissons de soleil.

C'est une vie ardente et profonde, sans rêve,
Si calme en son travail qu'on dirait qu'elle dort...
Sous les baisers du feu je sens monter l'effort
Incessant, la vigueur impassible des sèves.

O choses, que ne puis-je et vivre et m'engourdir
De mon sang m'apportant ses forces amassées,
Tranquille, dédaigneux de ma vaine pensée,
Comme vous sans regrets, comme vous sans désirs...

L'AUTOMNE

Automne, je te sens dans mon cœur, je te sens
Dans l'air où tu frissonnes.
Dans les souffles furtivement s'alanguissant,
Dans ta mélancolie, Automne.
Je sens comme un désir avide se lasser
Sur la fuite de l'heure et sur la mort des roses,
Et s'attarder à la beauté des choses
Qui dans tes yeux ouverts sont déjà du passé.
Tu ne te montres pas encor; mais je devine
Ta présence en la crainte vague de l'Été,
Et ta grâce qui rêve et sourit, ô divine,
O mourante Clarté.
Par les matins transis et grelottants de brumes,
Solitaire, j'irai bientôt...
Oh ! doux espaces lisses comme l'eau,
Où les pâles midis s'allument,
Où le soleil diffuse ses rayons,
Et, reflet ondoyant de lui-même, coulée
D'or, se répand sur l'or des frondaisons !

Blanches après-midis glissant dans les allées,
Regrets meurtris, passions désolées,
Déchirements ensanglantés des horizons !
Et vous, crépuscules plaintifs et sombres,
Où vainement se lamentent, où sombrent
L'Espoir et ses derniers appels,
Où les restes du jour s'étirent dans le ciel
Et vacillent par dessus l'ombre !
Automne, automne, belle toujours,
Saison de prière,
D'illusion, de larmes et d'amour,
Qui vas au gouffre sur le flot des jours,
Et qui regardes en arrière,
Toi que, hâtive entre les deux néants,
Le goût du souvenir enivre sur les lèvres,
Et dont l'étreinte folle s'enfièvre
Aux fantômes fuyants,
Toi qui souffres toutes les peines,
Qui doutes, puis espères, chantes, puis gémis,
Je t'aime pour ce que frémit
En ton âme de l'âme humaine,
Pour tes chagrins harmonieux,
Pour ton cœur engendrant le monde,
Pour tes bonheurs tout défaillants d'adieux,
Et pour tes angoisses profondes,
O toi qui tends aux rêves de la nuit,
Aux rêves que le vent emporte,
Parmi le bruit des feuilles mortes,
Tes mains lourdes de fruits.

*
* *

O mon âme, la solitude nous accueille.
Perdons nos yeux dans les lointains ensoleillés.
Allons par les chemins ; remuons à nos pieds
Le froissement éteint des regrets et des feuilles.
Dans la forêt qui va se dépouiller
Et dont le palais d'or ouvre l'ombre profonde,
Nous baisserons le front...
Nous nous redresserons, nous nous réchaufferons
Là-bas aux clairières blondes,
Où, douceur qui se donne et se perd,
Le soleil las descend le long de l'air.
La caresse et le mol azur des paysages
Feront nos pas plus graves et plus lents.
Longtemps nous pencherons notre visage
Sur l'eau de ciel et de nuages
Du lac où passent de blancs cygnes ondulants.
Dans la limpidité des vignes-vierges rouges
Qui festonnent les horizons,
La lumière en gouttes repose... Le gazon
Se couche sur la terre froide. Seule bouge
La fumée incertaine des maisons.
La fatigue de ce sourire
Qui rêve sur les jours défunts,
C'est le Passé qu'on voit, qu'on entend, qu'on respire,
Brume, musique, parfum.
Des visions s'élèvent, puis s'effacent,

Noyant d'ombres et de clartés
La pâleur fugitive de leurs faces,
Et le silence des adieux s'est attristé...
Et cependant, sur les regrets et sur les larmes,
Sur le déclin et sur la mort,
Ah ! qu'est-ce qui s'exhale encor,
Comme un mystère, comme un charme,
Dont le murmure endort?

* * *

Le couchant a saigné... Rentrons, voici le soir,
Et l'ombre pleut et pleure.
Les feuillages se tassent, roux et noirs,
Sous l'angoisse lente de l'heure.
Rentrons, voici le soir
Où meurent les terreuses étendues...
Une haleine fraîche remue
Les mousses et les sentiers.
Elle monte, frissonne et nous apporte,
O volupté ! dans ses replis mouillés,
L'odeur âcre des feuilles mortes.
Ces feuilles suintent la mort...
Et pourtant plus encor que l'odeur des roses
Et des jardins, et plus encor
Que l'odeur des printemps et des forêts écloses,
Plus que la jeunesse et plus que l'espoir,
Oh ! comme elles nous enivrent
De leurs ardeurs pleurantes dans le soir.

Elles nous pressent, — fièvre de vivre, —
Elles nous pressent sur le chemin,
Où pourrit leur humide couche.
Je veux baiser des lèvres sur ma bouche,
Je veux meurtrir des roses dans mes mains.
Là-bas des chevelures se dénouent,
Des bras surgissent, et des seins silencieux,
Et je ris, je sanglote sur des joues,
Je m'endors dans des yeux.
L'ombre inquiète autour de moi rôde et s'afflige.
Je l'aspire comme un encens...
Je veux que ses déchets, ses désirs, ses vertiges
Coulent et chantent dans mon sang.
Je veux étreindre toute, toute la vie
Qui caresse et qui mord,
Et qui m'appelle de sa plainte inassouvie,
Et qui me baise avec des effluves de mort.

*
* *

Là-bas, au noir des profondeurs désespérées,
Une voix a gémi... C'est le Vent.
C'est le vent qui vient des mornes contrées,
De par delà la vie et les vivants,
Et qui passe...
Litanie aux menaces basses,
Complainte de sanglots,
Lourds silences glacés, larmes à flots,
Remous rapide de l'espace,

C'est le vent qui pleure et qui passe.
Il siffle, il enfle, il se lamente, il vient...
Entends-tu dans la nuit tournoyer sa misère?
Entends-tu ses appels, ses aboiements de chien
Se tordre et se rouler à terre?
Et plus loin que la rage et que les cris,
Entends-tu sa voix d'agonie
A tout jamais, dans un souffle meurtri,
Porter à l'inconnu la plainte indéfinie?
Au cimetière, contre les tombeaux,
Il s'est engouffré, balayant les dalles,
Puis au hasard, par monts et vaux,
Il a traîné des râles,
Et la Mort, dans une rafale,
A passé...
Il vient, il vient, ployant des masses,
Et devant lui, en tourbillons, il chasse
Les branchages qu'il a cassés.
Il arrache des fleurs, des plantes, et peut-être
Ébranle, abat des troncs,
Dresse au ciel des racines, et d'un bond
Repart...
Je scrute le dehors profond.
Ma lampe brûle ; mais, au bord de la fenêtre,
La nuit arrête la lumière, comme un mur.
Oh ! l'invisible effroi dans la tourmente,
Les révoltes, les épouvantes,
Les prières qui souffrent sous l'obscur...
Oh ! la hurlante randonnée,

Le sabbat fou des heures damnées,
L'invasion des sorts futurs...
Dans l'air volent et claquent des portes...
Sens-tu, vois-tu, entends-tu, qui sortent
Du néant, les spectres de l'avenir,
Les heures de tes destinées,
Les heures qui ne sont pas nées,
Mais qui, par devant même d'être et de mourir,
Déjà te tiennent dans leurs mains de mortes?..

*
* *

Plus que le vent d'hier et que ses désespoirs,
Le calme sans rides du vide
Est effrayant, ce soir.
Le crépuscule noir
Descend en louvoyant dans l'air humide.
Tout se resserre sous l'effroi.
Sur les êtres transis et sur les choses,
De tout son silence, se pose
Le manteau de nuit et de froid.
Épaisse et lente, l'ombre tombe.
Une odeur partout rôde et s'infiltre, l'odeur
De la terre et des tombes,
Et de l'herbe, hélas, et des fleurs.
Le sol avide et taciturne mange
Les restes du Printemps et de l'Été,
Et retrouve et reprend dans la fange
Ce qu'il avait prêté.

Qui donc a envahi le gynécée
Pour en faire un caveau ?
Le brouillard vient... A chaque rameau
Pend et tremble une goutte d'eau
Glacée.
C'est le froid, c'est le calme, la Mort...
Au loin des sons de cloches se répondent
Presque étouffés, et s'égouttent encor,
Et s'enfoncent aux brumes profondes.
Puis tout se tait, tout... C'est la Mort.

*
* *

Automne, Automne, saison de prière,
D'illusion, de larmes et d'amour,
O toi qui, obstinée, appelles la lumière
A la fin souffrante des jours,
Et qui trembles dans la terreur des nuits sans astres,
Dans le vent des désastres,
O toi qui t'endors
Dans le rêve aux yeux d'or,
Divine de visage et d'âme,
Toute d'ombre, toute de flamme,
Et qui jouis, souffres et chantes par la Mort...

REVEILS

O réveils d'autrefois ! Soleil de mon enfance,
Envahissant à flots et ma chambre et mon cœur,
Vous m'apportiez la paix des belles transparences,
Et tous les chants d'aurore égouttés dans les fleurs.

Et de l'oreiller blanc j'allais aux blancs nuages
D'un amour puéril ensemble et maternel,
Et mon âme s'enflait aux souffles des voyages,
Voile en partance pour la joie et pour le ciel.

Hélas, mon lit n'a pas changé ; et les aurores
Belles comme autrefois, sont claires dans l'azur ;
Mais je m'éveille las déjà, maussade encore...
L'ombre des jours passés couvre les jours futurs.

Derrière moi le passé dort, et je m'ennuie,
Car je connais le sort commun des avenirs.
O mon cœur, toi qui vas te reprendre à la vie,
Pour désirer, attendre, et goûter, et sentir,

Dis, que ne donnerais-tu pas de tes richesses,
De tes plaisirs, de tes dédains, ah ! pour pouvoir
— O fugitif parfum des premières jeunesses —
Comme alors et sans cause, exhaler de l'espoir ?..

FIN

Tu te plains d'être le jouet de ta nature,
Et de descendre encor plus bas que tes dédains,
O toi qui cependant gardes ton front lointain,
Et vas, les yeux perdus, parmi les créatures.

Plus que d'autres, tu sens d'invisibles remous
Te prendre et t'entraîner dans leur mauvaise fièvre,
Et quand tes désirs morts remontent à tes lèvres,
Tu vois peser sur toi l'ombre de tes dégoûts.

Toi qui vis de ton âme au-dessus de la foule,
Artiste brûlé de ta flamme, créateur,
Les souffles nés de toi t'élèvent aux hauteurs,
Mais tu pleures, songeant où d'autres fois tu roules.

Ne vois-tu pas que c'est ton vice originel ?
Tu vas, feuille livrée aux volontés plus fortes,
Et c'est le même vent, poète, qui t'emporte
Aujourd'hui dans la boue et demain dans le ciel.

LA SOURCE ET LE CIEL

I

Je voudrais que mon âme fût un parterre
De fleurs divinement silencieuses,
Écloses et balancées
Aux souffles d'un sourire heureux comme le ciel.
Tombez sur elle, nuits de lune
Blanches et larges et sommeillantes,
Et vous, matins adolescents...
Et qu'elle naisse enfin dans la seule pensée
Où la chair de la fleur, mariée à l'azur,
Berce le ciel dans son parfum.

II

Oh ! je vous ai aimée, chair adorable,
Vous, chair, mystère d'ombre balancée,
Fruit et fièvre...
Oh ! je vous ai aimée dans la nuit chaude,
Offrande douce sur les flots de l'âme,
Grâce ardente, sourire de petite fille...
Chair adorable, obscur rayonnement,
Remous de vie et de sommeil,
O vous, chair chargée de vertige
Comme l'abîme et comme vos yeux...
Offrande douce apportée par des flots d'âme
A des flots d'âme,
O votre chair naïve, et mouvante, et profonde...

Et, tout autour de vous, les choses
Comme des reflets
Tremblants
Dans l'eau nocturne de vos yeux.

III

Est-ce une gaîté, cette gaîté frêle,
Presque née et presque mourante,
Dans mon cœur doux que l'automne meurtrit?
Je suis las des étés, et du rire, et des cris,
Et je veux seulement aux campagnes lointaines,
Près des ruisseaux et des prairies,
Promener cette gaîté frêle
Et cette mélancolie...
Des feuillages clairs comme une eau légère,
Sur de jeunes arbres des feuillages purs
Où des baisers d'émeraudes
Transparentes
Ont caressé l'or au fond d'une opale,
M'appellent de leurs grâces pâles
Vers des nonchalances...
Et je veux seulement aux campagnes lointaines
Laisser près des ruisseaux et des prairies
Errer mon âme avec ma peine,
— Errer et se mêler et se baiser,
Comme ces clartés et comme ces brumes,
Mon âme et ma peine...

IV

Je ne chanterai pas ce soir...

Aile noire de la Mort,
Ton ombre passe et m'étouffe,
Et je n'ai plus de pleurs.
Je n'ai plus qu'un front hagard
Qui penche au sol son vide lourd,
Et mon amour n'a plus d'amour,
Car le battement des ailes farouches
A couvert la chanson claire
De son tumulte de silence,
Et l'oiseau de proie a passé,
Et j'ai vu l'âme de mon âme
Palpiter
Au cœur jaloux de l'oiseau d'ombre.
Je voudrais, je voudrais pleurer.
Mais mes larmes se sont taries
Dans le désert de la souffrance,

Et l'écho dans mon cœur n'a pas répondu
Au rauque appel de mon silence...

Ame de mon âme, âme de mon âme,
Où es-tu?
Je ne chanterai pas ce soir...

V

Pudeur, blanche douceur des bien-aimées,
Murmure clair au cœur des sources,
Baiser de la grâce à l'amour...
Chères paupières sur les yeux trop beaux,
Grands yeux ouverts tremblants de leur lumière...

Hélas, sein nu échappé des dentelles
Aux battements du cœur,
Lèvres dans l'ombre, lèvres données, infini sourire,
Silence aux ailes de chanson,
Cristal en fleur des liliales joies !...

Ah ! j'ai vécu et j'ai vécu !
Et cependant tu es ma sœur lointaine,
O Pureté,
Et cependant tu es ma sœur...
Ah ! j'ai vécu et j'ai vécu,
Mais une image est dans mon cœur
Oubliée,
Une belle image qui dort...

Hélas, pâle visage renversé
Aux flots de l'infini sourire,
Tendre sommeil des bras ouverts, vol diaphane
Des mains sur les souffles d'amour,
Ciel de l'âme, espaces de l'âme où montent
Deux corps,
Allégés jusqu'à mourir !...
Mais j'ai vécu.et j'ai vécu.
Que te donner, ô Pureté !

Que te donner, que te donner ?
Car mes yeux ont tout regardé,
Car mes mains ont tout touché,
Car mes lèvres ont tout baisé...

O Pureté, prends cette larme
Que des clartés ont enchantée,
Prends cette larme dans mon passé,

Et ces yeux qui ont rayonné,
Et ces lèvres qui ont fleuri,
Et ces mains qui ont tremblé...

VI

O souvenir, plus doux à mon cœur en pleurs
Que la lumière dans le parterre
Des primevères,
Et plus triste qu'une larme
Aux yeux aimés,
Que tes caresses sont cruelles !
Pourquoi nouer et dénouer
Autour de mon cœur la fuyante ronde
Des guirlandes
Que disperse à tout moment
Le vent?..
Pourquoi ces Voix que je n'entends ?
Ces Visions que je ne vois?
Pourquoi,
Ah ! ces baisers qui n'ont pas de lèvres ?
Ne sais-tu pas, ne sais-tu pas que je suis seul,
Que la nuit est divine et que le printemps monte,
Et que ce tilleul trop m'enivre
De ses parfums pâmés?
Ne sais-tu pas que je suis seul,
Que l'âme de mon âme est lointaine

Plus que là-haut le disque d'argent
Vers qui sanglote ma peine,
Et que des voiles sont enflées,
Folles toiles de linceul
Sur le vaisseau que rive l'ancre,
Sous un ciel trop pur et trop beau
Pour qui est seul ?...

Ah ! ce sont, soudaine douceur,
Immense joie,
Ce sont ses yeux dans les étoiles,
Et les parfums sont ses baisers,
Et les souffles de la nuit
Sont ses mains légères...

Las, hélas, ce sont des étoiles,
Ce sont des parfums et c'est du vent,
Et j'ai mal...
O souvenir qui me déchires,
Mes bras jaloux ont refermé sur toi
Leur passion,
Et je te berce et mon cœur saigne,
Et je te berce comme une mère
Allaite son impitoyable enfant qui la déchire,
Et c'est du sang que j'écoute,
Du sang saigné, du sang qui jaillit dans mon cœur,
Et qui ruisselle et le ravage
Et le dévore,
— Comment, comment, avec ce murmure clair
De fontaine dans l'aurore ?

VII

Crépuscule, ô crépuscule,
Qui trembles si doux que mon cœur
Tremble,
O crépuscule, où sont les yeux,
Joyaux sombres de ton ombre,
Où sont les yeux qu'aimaient mes yeux?
Crépuscule, ô crépuscule,
Qui chantes si doux que mon cœur
Chante,
O crépuscule, où sont les mains
Dont la frêle joie était souffrante
Aux fuites grises des chemins
Comme une étoile?
Crépuscule, ô crépuscule,
Qui pleures si doux que mon cœur
Pleure,
Où sont les yeux dont mouraient mes yeux,
Et les mains dont les ailes blanches volent encore
Sur mon front las,

Où sont les larmes où pleuraient mes larmes,
Et l'âme où ton ombre allumait mon âme
Comme une étoile?

Crépuscule, ce sont des larmes,
Ce sont des larmes dans mon cœur,
Comme une source...
Ce sont des larmes comme une source
Trop claire,
Et qui creuse son lit cruel
Aux chairs vives de mon cœur.
Ce sont des larmes comme une source
Trop douce, trop douce, trop douce...

VIII

Sans même la force vive du désir
Et de l'ardeur,
O cette nostalgie et cette plainte
Dans mon cœur...
L'automne naît des premières langueurs,
Et le sourire de sa grâce
Est une enfance
Triste,
Et les jours passés sont passés...
Courez et fuyez, nuages d'argent
Éclatant
Ou de sombre azur,
Nuages gais, nuages las,
Comme des yeux qui s'ouvrent et se ferment...
Les jours éteints, ah! sont éteints...
O passé, pourquoi cette plainte
Dans ce cœur qui ne désire?
Pourquoi, hélas, pourquoi ce cœur cruel qui ne désire,
Là où pleure cette plainte?...

IX

J'ai pleuré et j'ai rêvé
Et j'ai ri et j'ai chanté,
Et les gestes de mes mains
Ont tracé par les chemins
Des signes,
Et mon visage a rayonné
Comme un astre de lumière
Ou d'ombre...
Mais qui trouverait mon âme ?
J'ai pleuré et j'ai rêvé
Et j'ai ri et j'ai chanté,
Et j'ai déchiré des voiles,
Et courbé mon front vaincu,
Et tendu mes poings et ma haine,
Et caressé mon front d'enfant
Aux doux seins inapaisants
Des femmes...
Mais qui trouverait mon âme
Dans les plis et dans les replis

De mes rires et de mes plaintes
Et de tous mes chants et de tous mes cris ?
J'ai pleuré et j'ai rêvé
Et j'ai ri et j'ai chanté,
Et j'ai suivi à la trace
La chair morne,
Et j'ai marché vers le ciel.
Oh ! les tortures et les cauchemars,
Et l'âpre sarcasme, et la joie légère
Comme le vent,
Et le râle sous la cendre
Et l'envol au feu des flammes !
Mais qui trouverait mon âme ?

Ah ! trouverai-je encore mon âme?
Note endormie aux cordes de la harpe
Que les blanches mains abandonnent,
Et toi, source, caresses de perles
Sous les ronces et les fleurs
Entrevues,
Et toi, étoile de la nue,
Dans le sourire du soir calme,
Proie des vents et des autans,
Prisonnière des nuages
Et des brumes et du jour,
Aidez-moi...
Aidez-moi, note endormie
A la harpe d'or,
Et toi, source, chant de lumière

Sous les ronces et sous les fleurs,
Et toi, étoile, claire étoile irradiante
Aux feux des diamants
Que sont mes pleurs,

Et toi,
Mon amour dans mon cœur...

X

Ne suis-je pas un très petit enfant
Qui s'émerveille aux lumières, le soir,
De tous ses yeux,
Moi qui m'étonne de vous voir ?..
Moi qui m'étonne de vous voir,
Moi qui m'étonne encore
Après vous avoir vue et vue,
N'ai-je pas des yeux d'enfant
Ébloui,
Des yeux d'enfant où les lumières
S'allument
Comme sur la mer ?..
Vous seule aurez, vous seule aurez mon âme pure,
Vous seule la verrez trembler
Toute claire
Et frêle
Comme une goutte de rosée
Au bord d'une corolle en fête.
Ma bien-aimée, ma bien-aimée, écoutez ce rire,

Écoutez s'égrener ce rire
En de cristallines cascades
De grâce,
Vers des mystères de tristesses chères...
Ma bien-aimée, écoutez ce rire
Mourir
Comme des perles faites de larmes...
Ma bien-aimée, écoutez ce rire
Mourir,
Et mon âme, et mon âme, et mon âme...

XI

Je baiserai vos mains blanches comme les mains
Des marbres,
Et je vous mènerai par les chemins
Du matin
Où la rosée attend en larmes sur les arbres,
Et pleure,
Et pleure,
Sous la rosée des chants...
Pour vous plaire, pour vous plaire,
Je ravirai des grâces au printemps,
Et mon sourire aura sur vos paupières
Des papillons
Pour vous plaire...
Et mon âme sera plus claire
D'avoir réfléchi les rayons
De la lumière,
Et la clarté de votre front.
Votre bouche ouvre un cœur comme une rose.
Dans le nuage du ciel doré

Des chants éclosent
Et des fleurs dans les prés.
Et vos seins sont deux fleurs roses,
Et vos souffles sont des chants,
Vos yeux, un ciel en fête,
Où des rêves
Volent, comme les oiseaux en quête,
Là-haut, de printemps.
Vos mains, vos mains sont des caresses blanches,
Et la rosée pleure aux branches
Sous la rosée des chants.

XII

Un jour, un jour, t'en souvient-il,
Mon corps n'était que battements d'ailes,
Que caprice d'ondes légères,
Que fontaine de chansons...
Mon corps n'était qu'un pétale clair,
Chair de rose ensoleillée,
Envolé aux doigts des brises,
Et ris de brise, et flots de brise
Enlaçant de leurs langueurs
Une fleur...
Oh ! le rire puéril, oh ! le rire immaculé
Des larmes,
Furtif réseau de rosée
Miroitant soudain au ciel...
Les larmes riaient
Et la joie était ruisselante
Comme l'eau des neiges
Sur les blancs frissons
D'une nudité,

Les larmes perlaient
Aux gammes des rires,
Et toute la joie
S'ouvrait, s'ouvrait à la tristesse
Délicieusement,
Et l'on eût dit
S'ouvrant
Des bras tremblants
De vierge...

Amour, amour, rappelle-toi
Que nos corps étaient cette âme...

XIII

Je voudrais rire comme un enfant pâle
Et puis pleurer de plaisir...
Pour cajoler les fraîches
Primevères
Au travers des branches noires,
— Jeu folâtre
Et mélancolique, —
Le soleil voile tour à tour
Et dévoile
Son visage et son sourire.
Le ciel doux dorlote un nuage.
Sur le gazon heureux de lumière,
Je baiserai les primevères
Comme des yeux.
J'ai des fleurs aussi dans mon cœur;
Je les arracherai par touffes,
Et les jetterai en neige dans l'air,
Et caresserai ma joue

A la bonne terre...

Il fait doux. Ne fait-il froid ?

La ligne des peupliers
Rêve, rose, sur les lointains
Calmes...
La fumée d'un train s'échappe,
Globes pressés de porcelaine
S'enroulant et s'emmêlant
En un long ruban tendu
Le long de la plaine.
Une cheminée
Effiloche au loin sa laine...

Mois de mars, mois de mars,
Ah! que n'est sur l'herbe inquiète
Ce visage
Dont me sourirait sans cesse et me sourirait la grâce
Comme un adieu,
Comme un adieu sans départ...
Je voudrais rire comme un enfant pâle
Et puis pleurer de plaisir,
Et danser par la prairie,
Et naïvement
Jouer des jeux malicieux
Avec les fleurs,
Et que s'égouttât ma voix,

Candide,
Comme la source au bois...

Il fait doux. Ne fait-il froid?

Du ciel est clair sous une voûte
De noir azur.
Légèrement passe le vent,
Apeuré murmure,
Et le silence
Tremble,
Un instant, comme une eau pure
Un oiseau triste chante dans les branches
Eperdûment...

XIV

Ma douleur est éclose dans mon cœur
Comme une étrange fleur aux pétales de source,
Comme une fleur, lointaine sœur de mon bonheur,
Mais dans ses pétales de source
Il ne coule que des pleurs...
Fleur de larmes, fleur chaude seulement des larmes,
Nourrie au cristal de mon âme
Et si pure de silence frêle,
Ah! tu prends ta vie à ma vie...
Je me souviens, je me souviens pourtant d'une autre fleur,
Pareille à une source épanouie,
Et cette fleur était ta sœur
Bienheureuse,
Et l'âme des mille pétales
Au fil des virginales transparences
Ruisselantes
Roulait aussi parfois des larmes,
Et se jouait, et serpentait, et voltigeait
En arabesques de douces grâces,

Et coulait sur mes yeux et coulait sur mes lèvres
Et m'inondait!..
Ah! cette fleur était ta sœur...
Et maintenant, et maintenant,
Je te regarde et je la vois,
Et elle semble
Ressuscitée...
Mais elle n'est plus que douleur...

XV

O cyprès, grandes flammes d'ombre
Sur les couchants incendiés,
Flammes noires désespérées
Tendues, aux cieux inaccessibles,
Comme le désir de mon âme,
O cyprès droits de la colline,
Longues plaintes tristes sans un sanglot,
Cierges souffrants, flammes de nuit,
Dans la solitude des soirs
Qui tombent...
Mon âme aussi est un cierge immobile,
Et mes yeux trop ouverts sont fascinés
Par l'étendue où dort comme une vierge un rêve,
Là-bas, là-bas, là-bas...
Des cyprès brûlent dans le crépuscule...
O ciel inépuisable! ciel accablant!
Amour! Amour!
Mon âme aussi est une flamme
Dressée,
Et qui tend de l'ombre éperdue.

XVI

Danserai-je pas la ronde
Avec les papillons
Vacillants?

Une fleur est dans mon cœur,
Une fleur fermée
Qui vous veut pour se rouvrir,
Et qui s'ouvre et vous appelle
Et se referme.
Ah! donnez-lui la belle joie,
Et l'insouciance légère,
Et les sanglots et les chansons.

Le matin soulève des danses
Dans les parterres et les buissons,
L'or du ciel est un essaim,
Et elle a fermé
Ses pétales
Sur des tourbillons de parfums.

XVII

Mon lit est blanc et sent frais la neige
Du linge,
Et ton âme, ô bien-aimée,
Comme une onde de chant glisse sur mon âme.
Que le sommeil vienne !
Toutes les lampes sont éteintes,
Mais les ombres ne sont pas hostiles,
Mais, amie aux mains bénies,
La Nuit pose sur les choses
En un baiser
Ses yeux clos et son front paisible.
Seigneur ! le bonheur sait-il
Être chose si claire,
Que l'innocence glisse
Au travers
Comme du soleil dans l'eau,
Et palpite

Comme en l'air
Matinal
Un chant d'alouette éclôt ?
Que le sommeil m'enlace aux bras de ses langueurs,
Et cueille, et puis verse sur moi comme des fleurs
Mes pensées entremêlées
En rêves,
Et prenne au vol de mon sourire
Les cadences de ses nuages
Et les ailes de ses chœurs,
Et puise
Le silence de ses musiques
Dans les sources de mon cœur.
Mon lit est frais aux neiges du linge
Et l'oreiller doux fleure à mon visage
Un parfum d'enfant.
Déjà le sommeil
Au bord de mes lèvres
Tremble,
Fragile comme les premières joies...
Il bat, il bat, mon cœur d'ange sage.
Chacun de mes souffles
Est
Un baiser au fond de moi.
Déjà le sommeil
Au bord de mes lèvres
Tremble,
Frais comme une goutte de lait...
Clair bonheur, ô limpide

Innocence,
Purs joyaux jumeaux !
Je me blottis dans mon âme
Et je m'y endors
Comme en un berceau...

XVIII

O paysage nostalgique
Et tendre
De cyprès et de peupliers !
Aux espaces d'azur la lune s'est levée
— Langueurs d'écharpes, sommeils de fleurs —
Sur un îlot d'or rose.
Et les yeux clairs du jour sont encore entr'ouverts,
Et déjà les ailes des rêves
Le soulèvent entre les choses
Et volent et glissent dans les délices
Des vrais jardins.
Le ciel a baisé ses nuages
D'un sourire abandonné,
Et baigne
De ses clartés de pierres précieuses
Le raffinement immobile
Des collines
Et des cyprès verts et des peupliers gris.

XIX

Amour, viens, mon cœur est prêt.
Mon cœur est si doucement faible
Devant ce printemps à peine naissant,
Devant ce printemps sans feuilles
Qui tremble encore un peu de froid,
Et qui se donne, tout nu, aux beaux lointains,
Et qui se chauffe
En souriant, en grelottant,
Au soleil qu'allume son âme
Très loin, au fond de ses yeux clos...

DÉSESPOIR

Le calme torturant du soir
Étend sur moi comme un suaire
Le chant de ses immensités.
O chant miraculeux du grand silence,
Quel aveugle au visage d'extase,
Quel aveugle aux yeux de clarté
T'a exhalé
Sur mon naufrage?
Calme du soir, calme du soir, pitié!
Pitié, insondable sourire des horizons,
Sourire déferlant sur la paix abîmée,
Sourire de l'Aveugle inondé de ses yeux...
O monde, trop de beauté m'ensorcelle et me submerge,
Trop de bonheur perdu en soi passe sur moi,
Et l'immobile nappe de rêve,
Au sud, au nord, à l'orient, à l'occident,
De tous les aimants de ses lointains,
Pour les impossibles départs tire à elle mon cœur

Et l'écartèle...

Oh! cet infini qui se serre sur son cœur,
D'où fuit une onde de rayonnement
Qui s'en va, et s'étend, et jamais ne le dépasse,
Et le couvre tout entier!
Oh! cet infini qui berce, et caresse, et dorlote
Sa joie
Dans les langueurs de la tristesse...
Oh! cet infini, — et toi!

Et toi!..

Tes genoux ont fléchi vers le sol.
Est-ce le poids du firmament?
Est-ce l'appel de la terre?
Ton corps s'est cassé
Misérablement
Comme une plainte,
Et tes genoux ont fléchi vers le sol
Des morts.
Et cependant un foyer brûle,
Et tantôt monte en une seule flamme
Immense,
En une flamme qui s'arrache
D'un cierge brûlant aux cires croulantes,
Et tantôt, à des vents inconnus,
A des orages nés avec lui,
En lui,

Se bouleverse
Comme un buisson de feu.
Solitude, solitude, solitude!
Implacable destin
Qui fis les horizons et la lumière et l'ombre,
Et l'indicible émoi des plaines endormies,
Et les célestes palpitations,
Et la sérénité de l'espace,
Et mon âme, sœur de l'espace,
Et mes ailes anéanties !
Et vous, mes mains, coupes jadis de tout le ciel,
Et vous, mes mains,
Toutes pleines d'un peu de mort.

Solitude ! Solitude !
Désespoir !
Désespoir, quelle lèvre a pu t'exhaler d'une âme
Sans se flétrir ?
Ah ! quelle âme, quelle âme a pu s'ouvrir à toi
Sans à jamais se clore ?
Peut-on survivre, quand le désespoir,
Dans la nuit muette de ses tempêtes,
A tordu les flammes de l'âme
Sous le ciel incommensurable ?
Peut-on survivre, quand le désespoir,
Comme une pierre au cou d'un noyé,
A pesé
Et courbé ce corps jusqu'aux morts,
Et qu'entre les mains tendues

Vers une épave,
Et qu'entre les mains de supplice et de démence
A glissé
Comme une eau divine, éternelle et fuyante,
L'insensible extase du ciel ?

J'ai compris l'appel de la terre,
J'ai envié le repos des morts...

O Mort, dans des jours de vie, de vie,
Je t'ai souri.
Tu n'étais rien, tu n'étais rien.
Je t'ai souri
Comme à un tout petit enfant
Qu'en m'endormant
Je bercerais.
Et maintenant
Je te regarde avec des yeux d'ivresse,
Je te tends les bras comme à une mère...
Oh ! ton sein, ton sein où l'on dort !
Entre les choses et mes yeux,
Ton voile épais, à jamais noir !
Je songe à ton sein, ô Mort,
O Mère ...

TABLE

Pages

AVERTISSEMENT v

Sous les yeux de la mort :

Lointains 5
Reflet 7
Pluie 8
O terne ciel 10
Dernières feuilles 11
Musique 13
Vieilles et vieux 15
Crépuscule 16
O cher mensonge. 19
Tout l'Amour 21
Qu'as-tu fait ? 22
Offrande 23
Vengeance 25
Le Cri du blessé 27
Plainte. 29
Désillusion 30
Accalmie 32

Page
Confession 33
Tristesse 35
Solitude 36
Prière 38
Chagrin 40
Ta voix a résonné. 42
Jamais plus 44
A la vie 45
Le Bonheur. 48
Renouveau 50
Sur un air exotique 55
Soir. 56
Fumées 57
Le Printemps 58
Les Cloches. 63
Lune 67
Le Passé 69
Soleil 73
L'Automne 75
Réveils. 83
Fin 85

La Source et le Ciel :

I. Je voudrais que mon âme 89
II. Oh! je vous ai aimée 90
III. Est-ce une gaîté. 91
IV. Je ne chanterai pas ce soir 92
V. Pudeur, blanche douceur des bien-aimées. . 94
VI. O Souvenir, plus doux à mon cœur. . . . 96
VII. Crépuscule, ô crépuscule. 98
VIII. Sans même la force vive du désir. 100
IX. J'ai pleuré et j'ai rêvé 101
X. Ne suis-je pas un très petit enfant. 104

Pages
XI. Je baiserai vos mains 106
XII. Un jour, un jour, t'en souvient-il 108
XIII. Je voudrais rire comme un enfant pâle . . . 110
XIV. Ma douleur est éclose dans mon cœur . . . 113
XV. O cyprès, grandes flammes d'ombre 115
XVI. Danserai-je pas la ronde 116
XVII. Mon lit est blanc 117
XVIII. O paysage nostalgique. 120
XIX. Amour, viens, mon cœur est prêt. 121
Désespoir 122

ACHEVÉ
D'IMPRIMER
LE SIX SEPTEMBRE
MIL NEUF CENT DIX-HUIT
PAR E. ARRAULT, A TOURS
POUR GEORGES
CRÈS ET Cie

4422

www.ingramcontent.com/pod-product-compliance
Lightning Source LLC
LaVergne TN
LVHW012011220826
846092LV00001B/310
9782329775296